미이라 사육법

**How to keep
a mummy**
Kakeru Utsugi Presents

KB043565

4

우츠기 카케루 지음

헉

Character

소라 (17)
밝고 사교적이어서 친구가 많고,
가족과 친구를 무척 소중히 여긴다.
지금은 완전히 미이 군의 사랑스러움에 노예로♥
이상한 생물들을 잘 알고 있다.
아버지의 영향인가…?

미이 군
이집트에서 온 미이라.
내용물은 밝혀지지 않았음.
좋아하는 건 소라와 소라를 도와 집안일을
하는 것이지만, 잘 안 되는 경우가 많다.
좋아하는 음식은 사과.

고모·카에데 (30)
멀티 크리에이터인 유명인.
안경을 쓰면 싹 변한다.

포치 (♀)
카시와기가에서 기르는 개.
소라를 무척 따른다.

아버지·모쿠렌
자칭 '모험가'.
미이 군을 소라에게 보낸 장본인.
지금도 어디선가 모험 중?

아사 (17)
겉모습과 속마음이 모두 상냥해서
남녀 불문한 친구가 많다.
도마뱀 소동을 계기로 소라 일행과 친구가 된다.
소라와 타즈키가 여동생처럼 귀여워하고 있다.

???
우연하게 모테기의 집에 찾아온 드래곤.
무척 친절한 성격으로,
시무룩하던 아사를 위로해 주려고 했다.
미이 군과 코니의 새로운 친구!

카 미 야 가

타즈키 (17)
소라의 소꿉친구인 쿨한 훈남.
흥미가 있는 것은
수단을 가리지 않고 조사하려 한다.
소라를 항상 신경 쓰고 있다.

코니
잡식이며 자유분방한 작은 도깨비.
타즈키의 집에 거주 중으로
미이 군의 친구이다.
미이 군의 몸이 안 좋을 때
약초를 전해 주는 등
친구를 잘 챙기는 면이 있다.

츠키요
타즈키의 여동생.
코니에게 간식을 빼앗겨서
자주 화를 낸다.

소라네 아빠가 보내 준 것

머리 까기 인형

모래

모아이 상

검은 미이 군

사실은 1권부터 계속
단행본 어딘가에 숨어 있던
'검은 미이 군'!
어디에 숨어 있는지 찾아 보세요!
특히 2권에서 검은 미이 군을
찾는 건 어려울걸?

예전부터 소라의 아빠가
보내 주던 소포들은 문제가 있는 물건들.
덕분에 소라는 어떤 상황이라도 위기를
회피할 수 있는 능력이 생겼다…?!

Contents

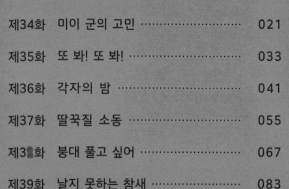

어째서 숨어서 지내는 걸까?

입소문으로 정보를 공유한대.

그 아이들은 사람들로부터 숨어서 살아가고 있으니까.

내가 물어보자 카시와기는 이렇게 가르쳐 주었습니다.

'그 아이들은 상상 속의 생물이니까.'

'그 존재가 알려지면 소동이 일어날 거야.'

확실히 그것도 이유 중 하나일지도 모릅니다.

하지만 가장 큰 이유는 아니었 습니다.

'그렇게 되면 분명 텔레비전 에도 나오고,

걔네들을 포획하려는 사람이 나타날 거야.'

내가 그 사실을 알게 된 것은

그 드래곤을 발견했을 때였습니다.

그때의 나는 그들의 사정일랑 이해하지 못한 채 너무 들떠 버려,

카시와기가 해 준 말들을 까맣게 잊어버리고 말았습니다.

입소문으로 정보를 공유한대.

곤란 하거나 도움이 필요할 때

그 아이들은 사람들로부터 숨어서 살아가고 있으니까

자신들을 알고 있는 사람들의 정보를 공유해서,

그 사람들 앞에 나타나는 거야.

그게 바로 그들의 비밀이었던 것입니다.

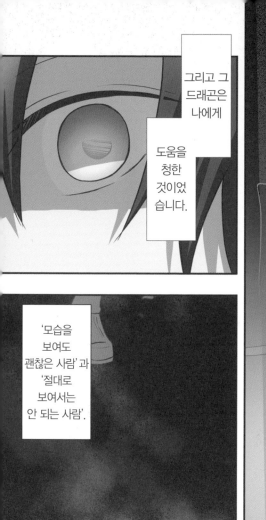

그리고 그 드래곤은 나에게

도움을 청한 것이었습니다.

'모습을 보여도 괜찮은 사람'과 '절대로 보여서는 안 되는 사람'.

이 녀석들이 입소문을 통해 공유하고 있던 것이

바로 그런 정보들이었습니다.

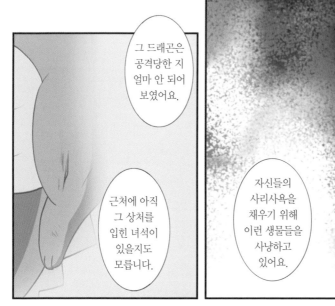

그 드래곤은 공격당한 지 얼마 안 되어 보였어요.

근처에 아직 그 상처를 입힌 녀석이 있을지도 모릅니다.

그 사람들은 스스로를 '컬렉터'라고 부르며

'모험가'를 사칭해,

자신들의 사리사욕을 채우기 위해 이런 생물들을 사냥하고 있어요.

부탁하지 못할 게 어디 그런 건 있어요. 당연하잖아요!

이 사실을 알리고 주변을 잘 살펴야 한다는 것을….

여성분께 이런 부탁을 드려 죄송하지만,

하지만 타즈키 군이 거기까지 알고 있을 줄이야….

누구 한테 들은 건가요?

소라 군과 타즈키 군의 문제는 제 문제이기도 해요.

상냥한 사람

우아—,
유치원 때부터
친구였었구나!

응.

그걸
타즈키는
알아주는 것
같아서….

소라.

내일은
우리 집에서
보자.

안 오면
화낼 거야.

여기에
오기 전에는
아버지랑
둘이서
살았는데,
아버지가
없을 때는
혼자 있을
때가
많았어.

뭐…,
가끔 살피러
와 주시는
분들이 계시긴
했지만….

그런 분들이
안 오거나,
유치원도
쉬는 날이면

어쩔 수 없이
혼자 지내야
했거든.

응!!!

알았지?
약속했다?

초등학생 때에도
중학교에
올라가서도
줄곧 이런 식으로
함께 지내서,

먼가
있어!

나중에
나중에

졸지 마

꾸벅—

이 집에
이사 온 뒤로도
자주 놀러
오고는 해.

그럼 그 사이에 조사 좀 할까?

조사?

그건 그렇고 탓짱이 좀처럼 돌아오질 않네.

아르바이트 하는 곳이 멀어서 그런가.

두ー둥

그렇구나!

드래곤은 개체에 따라서 먹는 음식이 다르거든.

쿵쿵

절레 절레

고기는 아닌 거 같네.

미안해

그러니까 이렇게….

스읔

그럼 그 다음에….

…는 미이 군!! 개 사료는 주지 마!!

붕붕붕

이것도 아니구나….

그럼 야채는? 아스파라거스 아니면 샐러리 같은….

부들 부들 부들…

너도 무리하지 않아도 괜찮아!!

가지도 아닌 것 같고,

밥도,

귤도 못 먹는 것 같네….

귀가

아! 어서들 오세요!

으응?!

소ー라, 다녀왔어.

아…, 이쪽은 우리 고모….

카시와기 카에데예요. 우리 소라가 신세 지고 있어요.

앗

귀여워라! 소라 군이 여자아이를 데려오다니….

엄청 예쁘신 분이다….

같이 온 거야?

멍

카에데 씨, 이쪽은 같은 반의 모테기.

모테기 아사입니다! 잘 부탁 드려요.

지금 마침 드래곤이 뭘 먹는지 조사하고 있었어.

그래? 그래서 뭘 먹는데?

아니…, 우연히 앞에서 만났어.

그랬구나.

드래곤이 낫토라….

맛있나?

건강한 식단이네.

또 사과, 당근 요구르트랑…, 아사이베리.

낫토랑 두부.

끈적~

두 개째

그럴 거라 생각했다.

참고로 코니는 전부 먹어 치웠어.

잔뜩 먹어서 대만족

최근 알게 된 사실이야.

괜찮아! 아무리 더러워져도 씻기면 금방 깨끗해지니까.

그럼 뭐 상관없지만….

저기가 입이구나.

흥건

그리고 미이 군도 아사이베리 먹을 수 있나 봐.

붕대가 대참사잖아!!

16

약속

모테기…, 별로 얘기해 본 적은 없지만 좋은 의미로 단순한 것 같으니….

응, 엄마한테 말도 안 하고 나와서….

가는 거야?

그럼 난 이만 가 볼게….

드래곤에 관해서 말인데….

예전에 이 녀석 아버지께 들은 드래곤은 햇볕인데, 약하다는 것 같아.

햇볕?!

힐끔

….

그리고 드래곤이나 다른 생물들에 관한 이야기도 우리랑 가족들 외에는 말하지 말 것.

꼭이다.

이유는 카시와기 한테 들었지?

응! 약속 할게!

약속 이다.

끄덕

그럴 필요는 없고…

불안하면 혈서라도 …!!

언제적 이야기야…

그러니 혹시 밖으로 데리고 나갈 일이 생기면 절대로 햇볕에 노출되지 않도록 몸을 잘 덮어 줘야 해.

안 그러면 화상 입는다!

화상?! 알겠어!!

정말 왜 그러는 거지, 타즈키…?

드래곤이 햇볕을 쐬면 안 된다니.

그럴 리가 없잖아….

숙

카시
와기.

아까 그
햇볕 이야기
말인데….

….

뭔가 이유가
있는 거잖아?
잘은
모르겠지만….

알고
있어.

알겠으니까
괜찮아.

말 맞춰 주면
되는 거지?

….

투욱

호물~

여자애도 귀엽구나~.

얼굴이 완전 녹아 계세요.

아사짱~, 또 놀러 와요~♥

네!

그럼 전 이만 가 보겠습니다.

아! 중간까지 배웅해 줄게.

푸웁

이사오.

오늘부터 이사오.

모테기, 드래곤의 이름은 뭘로 할 거야?

아! 맞다! 감사합니다!

천만에요.

이름이라면 이미 정했어.

펫을 키우게 된다면 꼭 붙여 주고 싶은 이름이 있어서…

그래? 뭔데?

응!

발음할 때 울림소리가 듣기 좋대.

사람 이름 말고 다른 선택지는 없었던 건가…?

쿠울—

식사 시간

그것은 정말이지 아주 작은 변화였습니다.

드래곤 한테 이사오라니….

제34화 **미이 군의 고민**

드래곤이 애들을 잘 돌보더군요.

그러게요.

'형' 같은 느낌이었죠?

그리고 보니 얼마 전에 ….

아…, 뭐 확실히 ….

미이 군이나 코니는 동생 같고 말이에요.

또 얼마 전에는 이런 일이 있었습니다.

그러니까 멈추라고 했잖아…!!

따르르릉

2층에서 빨래 걷어 올게.

따르르르르릉

괜찮아, 괜찮아! 엄청 영리한 개구나.

죄송합니다. 저희 집 개가~.

하하.

이런 일들이 있었어.

저기…, 카시와기 씨?

멍!

멍멍이가 받았나? 어…, 어떻게?

멍멍!

후두둑

귀여움을 받는 타입이지.

이미 아무 말도 들리지 않음
↓

아아! 그럴지도!

미이는 정말이지, 뭐랄까 형이라는 느낌은 들지 않으니까.

보살핀다기 보다는 보살핌을 받는 쪽이지.

푸욱

간질간질

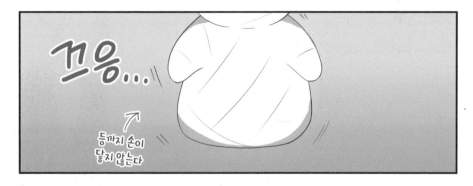

등까지 손이 닿지 않는다

왜 그래, 왜 그래! 무슨 일이야! 미이 군!

상냥함

뭔가 덮을 거라도…

타탓

깜짝이야…. 추운가?

…

바스락

영차 영차

쿠울~

…

미이 군은 아직 어린아이 같아서,

한 장 더

영차 영차

조금씩
어른스러워
지고 있네,
미이 군.

…라고
생각했는데.

보살펴
줘야 해…

그렇
구나.

내가
눈치채지
못했을
뿐

미이 군도
성장해 가고
있구나.

…

잘 모르겠지만
칭찬받아서 기쁘다

랄라♪

기운이 없어
보이던 건
기분
탓이었나…?

그리고
그 후

문질 문질

미이 군,
슬슬
밥 먹어야
....

등이
가려웠어?

혼자서도
등을
긁을 수
있는
방법을
발견해

조금 더
성장한
미이 군
이었습니다.

끄덕

개운

여기도 좀 볼래?

우리 집 세이야.

여기, 여기!

이건 우리 집 타마!

이거 봐, 이거 봐!

우리 집 사쿠라야!

모두 너~무 귀엽다~♡

모기는 동물을 아주 좋아하니까.

제35화 또 봐! 또 봐!

앗, 있지!

드···.

약속 이다.

모테기는 집에서 동물 안 키워?

모기네 가족들은 모두 동물 좋아하니까 뭘 키울지 정하기 힘들 것 같아. 그렇지? 모기♡

파앗

33

그게,

그러
니까
….

드?

드?

드?

드?

깜짝

뒤뚱   뒤뚱

멧돼지라～,
하지만 모테기라면
어떤 동물이라도
놀랍지
않아～♡

겉모습
꽤
귀엽지♡

우훗   우훗

우훗

멧돼지도
괜찮을
지도～♡

하….
아하하
….

푸후-웃

드…,

들판을
뛰어다니는
멧돼지를
키워 볼까…
하고….

멧돼지?!

'래곤'
….

'드'?

그렇
겠지
….

……
……

꺄아 꺄아

둥실 둥실

우후웃

꽤나 평범

혹시 우리가 자주 와서 폐를 끼치는 게….

아냐, 아냐! 신경 쓰지 마!

이사오에 대해서 말하고 싶은 거라면 우리한테 해.

아! 네!!

정말 죄송합니다!

오늘 학교에서 이사오에 대해 말할 뻔했지?

이사오가 귀엽다고 이야기하고 싶은 거잖아?

뭐가 그렇게 귀여운 건지 이야기해 봐.

정말 …?

파아아앗

우리들이라면 원하는 만큼 이야기해도 괜찮잖아.

!

괘…, 괜찮아? 학교에서 두 사람한테 이야기 해도…?

뭐, 다른 사람들이 듣지만 않는다 면야.

그러더니 스스로 씻는 거 있지?

그 녀석 참 영리하네.

그래서

그래서

응! 그래서 오늘 아침에도 낫토 먹은 뒤에….

이상하긴 커녕 평범 그 자체.

오.

타즈키, 요전에는 이상하게 굴어서 걱정했었 는데….

적응력

물론 이지.

파닥 파닥

봄 방학 때도 놀러 와도 돼…?

우리는 점심을 대체로 옥상에서 먹는데,

괜찮으면 모테기도 같이 먹을래?

괜찮아?!

으쌰 으쌰

응! 알겠어!

파닥 파닥

그런데 단기 알바를 할 생각이라, 오기 전에 한번 전화 줘.

아, 진짜다! 과연 드래곤 이네~.

이제 슬슬 힘들다

비틀

집에서는 꽤 잘 날아다녀!

너희들, 그 적응력은 도대체 뭐냐….

5미터 정도 날 수 있는 것 같습니다.

날고 있어.

응? 뭐가?

이사오가 날고 있어.

별명

'모기'라….
그 별명
어떻게
생각해?

마음에 들어!
말 그대로
별명이잖아.

아, 그런데
가끔 애들이
'모기'라고
부르던데.

응,
별명이야.

모테기

모기라고
부르자….

잘 먹었습니다!

여동생
삼고
싶네…

별명으로
불러 주면

뭔가
특별한 느낌이
들어서
기쁜걸!

또 봐!

응!

자전거 타고 온 거야?

지크시

응, 내일 학교에서 보자.

그럼 이만 가 볼게.

붕 붕

또 봐

또 같이 놀자, 미이 군.

미이 군, 모두에게 잘 가라고 인사해야지.

붕 붕

붕 붕 붕

부웅 부웅

두 사람분

한 손이
'바이 바이',
양손이
'또 봐!'로
인사가
정해졌습니다.

으....♡

오늘도
평화롭군
....

또봐

또봐

또봐

또봐아

미이 군, 눈 꼭 감고 있어~.

끄덕

쓱싹 쓱싹

반짝 개운

쏴아ㅡ

그럼 물 튼다~.

추워지면 욕조에 들어가. 알겠지?

미이 군이 노는 데는 그만인 카시와기가의 욕조였습니다.

끄덕

참방

됐어. 자, 이제 놀아도 돼.

두근 두근

기우뚱 기우뚱

요즘 좋아하는 놀이

코니의 목욕

코니, 이리로 와. 거기는 미끄러워서 위험…

미끄덩

아

타박 타박

쏴아―

이 녀석은 조금만 뜨거워도 금방 화상을 입으니….

이 멍청…!

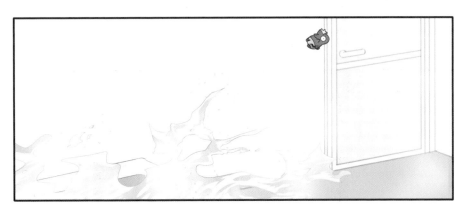

이사오의 목욕

얼른 끝내 놓고 책 좀 읽은 다음에 목욕 해야지.

아사짱~, 욕조에 물 받아 놨는데 지금 들어 갈래?

아니요~, 공부하던 거 마저 하고!

어머~, 장하네! 파이팅♡

이것만 읽고 해야지.

이왕 읽은 거 끝까지 읽을까?

....

이사오
~!

같이
목욕….

탁

다
읽었다!

쨰깍

쨰깍

헛

따끈
따끈

어머?!

벌써 하고
나왔어?

자기 전에는 동화책

'그리고 인어 공주의 몸은…'

'물거품이 되어서 사라졌습니다.'

뚝 뚝 뚝

ZZZ

졸 졸

미이 군, 그러면 '파랑새' 이야기 하면서 잘까?

미이 군 좋아하잖아

꼬옥

그래, 그래…. 인어 공주 정말 불쌍하지?

치르치르와 미치르가 제일 먼저 도착한 곳은 '추억의 나라' 였습니다.

그곳에서 할아버지와 할머니를 만났습니다.

치르치르와 미치르는 마법사 할머니를 위해서,

파랑새를 찾는 여행을 떠나게 되었습니다.

두근 두근

…

….

퍼뜩

아…, 미안해. 순간적으로 잠들었나 봐….

할아버지가 산에서 빨래를 하고 있는데….

!

강에 복숭아가 둥…실, 둥실….

?!

다음으로 두 사람이 향한 곳은 귀신 섬….

!

원숭이와 복숭아, 꿩을 동료로….

?!

?!

음…, 어디까지 했더라? 그러니까, 음….

돌아가신 할아버지, 할머니를 만났는데.

할아버지의 손 위에 파랑새가 한 마리 있었습니다.

두 사람은 파랑새를 받아…,

콜—

미이 군은 그 다음이 궁금해서 잠을 잘 수가 없었습니다.

?!

?!

추억의 나라를 나오는데,

파랑새는 기린이 되어 사라져 버렸습니다.

!

방이 깜깜해

도리 도리

…

별일 아니면 깨우지 마…

아침까지 얌전히 있어.

꼬물 꼬물

엉금 엉금

꾸욱 꾸욱

영차

손 발견

뭐야,
아까부터….

!

포옥

꽈아악

하나도
안 아프거든.

자, 이제
자도록 해.

코니는
손 안에서
아침까지
푹 잤다고
합니다.

잘싹

잘싹
잘싹

응석 부리고
싶으면
그냥 부리면
되지.

귀엽지 않은
녀석 같으니.

10분 뒤.

모기, 오늘은 못 보던 머리 끈을 하고 왔네.

아! 친구가 줬어.

반절 받았다

…

예전부터 생각은 했지만 이 녀석은 그런 부끄러운 말을 잘도 하는군….

그렇구나, 아주 잘 어울리는데?

귀여워.

귀혁

에….

탓

나 타즈키 진짜 좋아!

이런 일도

확실히 옛날 부터….

앞머리 기르게? 좋은 생각인데. 타즈키는 잘생겼으니까 보나 마나 잘 어울릴 거야.

저런 일도

와! 이 사진 정말 예뻐요!

타즈키! 이거 봐 봐! 카에데 씨 여신 같아!

소라 군! 그마아아안

그런 일도 ….

주저하지 않고 얘기하는 놈이긴 했지만….

지긋…

그나저나
미이 군은
어디 갔어?

안
보이는 것
같은데…

미이 군은
아까 포치랑
2층에 갔어.

뭐 가지러
간 것
같은데…

…윽.

!

털

지그시

애시당초
이 녀석한테
'부끄러움'
이란 감정이
존재는
할까?

잘 생각해 보니
이 녀석이
부끄러워하는 건
본 적이
없는 것 같아…

왜 그래,
타즈키?
무슨
걱정거리라도
있는 거야?

…?

아니!
아무
것도…,
윽….

딸꾹

소라 군?

왜 그래?
혀 깨물
었어?

….

아…, 딸꾹질이군.

갑자기 나나 보네, 괜찮아?

화아악

턱

우선 물 마셔.

아….

딸꾹

살짝 안심은 되었으나 부끄러움을 느끼는 포인트가 잘 이해되지 않는 타즈키였습니다….

그 전에 물

소라 군, 물 마실래?

미… 안. 나,

딸꾹…

빨래를….

빨래는 아까 걷었잖아.

설마 부끄러운 거야? 부끄러운 거구만?

왜 내 탈출구를 막는 거야~!!

선물

구슬
데구를르

타다닷
줄게

타다다닷
줄게

와 라 아 악
깜짝

딸꾹질
하니
생각난
건데.

딸꾹질을
백 번 하면
죽는다는
얘기를
들은 적이
있어.

붕 붕

파닥
파닥

딸꾹...

딸꾹질
정말
괴롭지….

괜찮아,
괜찮아….

조금
있으면
멈추겠지.

※마신입니다

놀라다

휘청...

아, 맞아!

딸꾹

안 멈추네...

딸꾹질 백번 하면 큰일 남.

놀라게? 놀라게?

...

그럼 깜짝 놀라게 해 보는 건 어때?

깜짝 놀라면 딸꾹질이 멈춘다고 하잖아.

!!

오들 오들

꼬물
꼬물

딸꾹질을
백 번
하면⋯.

꼬
오
옥

?!

? 빙글

쭉
쭉

그건 주문이 아니라 무리거든.

그 반대편에 입을 대고 마시면 딸꾹질이 멈춘다는 마법의 주문이 있지.

딸꾹

컵에 든 물을 마실 때

입과 가까운 쪽에 입을 대고 마시는 게 일반적이지만,

뭐든 시도하는 게 중요해

우…

타타탓

중력을 거슬러야 가능할걸….

그럼 그렇게 해 봐.

안 해! 거스를 수도 없고!

엉망

딸… 꾹…

응? 미이 군?

몸에 뭔가 하얀 게 걸려….

타탓

카시와기! 물이!

어떻게 된 거야? 미이 군?! 뭐야, 이거?!

좌아악

후다다다닥

미, 미이 군?!

삐삐삐

잠깐

거긴 안 돼! 물이 있어…!

좀 진정해….

아악! 점점 풀려—!!

어떡해, 못 감겠어! 미이 군의 붕대가…!

멍멍!

으아악! 잠깐만, 잠깐만!! 소라 군! 포치가!!

기다려, 이사오! 아~!! 코니가~!!

왈!

아, 정말!

너희들 좀 진정하라고!!

…미이 군의 붕대가 풀려….

…?!

엄청난 패닉 상태가 되었다고 합니다.

제38화 붕대 풀고 싶어

팔락
→

타즈키조차 찾지 못했던 미이 군의 매듭이….

그…,

…으….

말이 잘 안 나옴

그렇지만….

절썩

벼…!

병원에…!!

진정해라.

딸꾹질이 아직
멈추지 않았어…?!

포치가
미이 군을
데려갔어!

포치!
안 돼!!

퍼뜩

아니,
잠깐.

빨리
잡아
서….

저 녀석,
붕대를
더 풀려고
하잖아!

사륵

!

그때는
붕대 매듭을
아무리
찾으려고
해도
찾을 수가
없었지.

이 기회를
놓치면
두 번 다시
찬스는
안 올지도
몰라.

그렇다면
미이 군이
마음 놓고
붕대를
벗을 수 있는
상황만
만든다면….

게다가
미이 군이
스스로
붕대를
풀려고
한다는 건,

붕대를
풀어도
거리낄 게
없다는
건데.

딱
딱
딱

이대로라면
미이 군의
붕대 안을
볼 수 있지
않을까?

걱정할 만한 건 아무것도 없잖아.

미이 군이 스스로 붕대를 푼다는데,

카시와기, 내가 생각을 좀 해 봤는데.

타즈키?! 너 뭐 하…, 윽.

우리들은 조용히 지켜봐 주자.

응?

타즈키…., 너….

어떡 하지, 어떡 하지!

안절부절

꺄오

꺄오

미이 군을…! 포치를…! 소라를…!!

탓짱이 악당이 되었어…!

오들 오들

단순히 붕대 안이 보고 싶은 거지.

어.

어어, 솔직 해서 좋네요!

밧줄

이 밧줄은 도대체 어떻게 묶은 거야 …!

아, 이거 말이지….

무겁다고!

아, 그래?

거절한다.

놔 줘!

비켜!

그것도 기각.

버둥 버둥

카에데 누님께 전수받았지.

목숨 걸고

그 사람은 뭐 이런 쓸데없는 걸 가르쳤어!

맡겨 줘 허니~ ♥

슬금 슬금

슬금 슬금

소라는 잡혀 버렸고….

내가 미이 군을 멈춰야 해…!

화악!

미이 군의 붕대 안은 나도 조금 궁금 하지만,

소라가 저렇게 당황하는 걸 보면

아마 풀면 안 되는 걸 거야.

빛이….

어질

타즈키가
넘어졌어!

훽

지금
이다
…!!

퍼뜩

쿠당

콰당

아.

방금 그건 뭐였지…. 갑자기 눈앞이 깜깜해졌는데….

어질 어질

미이 군!

미이 군, 이리 와!

붕대를 풀다니, 그러면 안 돼!!

야…… ……….

꼬오오오

미안, 방금 건 반사적으로….

진짜 미안.

특징: 작음

단지 붕대를 풀면 안 된다는 것을 제외하고는….

붕대는 풀면 안 된다

에춰…

아버지가 보낸 편지에는 미이 군에 대해서는 거의 쓰여 있지 않았습니다.

어쩌면 무언가 숨겨져 있을지도 모릅니다.

만일 붕대를 풀었다가 미이 군한테 무슨 일이 생기면 어떡해…!

하지만 하지만

그러니까 이리 와, 미이 군.

풀면 안 돼…

깡총

철벅

딸꾹
딸꾹

앗!
왜 그래,
이사오?

....

애초에
미이 군은 왜
붕대를 풀려고
한 거야?

뭔가
이유라도
있는
거야?

딸꾹질
때문에…?

딸꾹

딸꾹

딸꾹

딸꾹

딸꾹

딸꾹

딸꾹

다들
어떻게
된 거야,
갑자기
딸꾹질을
….

앗

설마 아까
우리들
얘기를
듣고서…,
소라의
딸꾹질을
멈추게
하려고
그런 거야?

끄덕
끄덕

?!

혹시나
해서 하는
말인데,

딸꾹질을
백 번 하면
죽는다는 건
미신이야.

비실
비실

휘익

다들
기운이
빠져 버리고
말았습니다.

퍼억

그때의 사진

그나 저나….
이거 미이 군이 감은 거 아니야?
끄덕
누가 감아 준 거야?
끄덕
음….
어떻게 감겨 있었지? 이쪽? 맞나?
갸우뚱 하고 있어….
미이 군…! 정말로 날 위해서 모든 걸 버리고…!
…가 아니라!!
어쩌지…, 대충 감는 건 역시 좀 그렇겠지….
적어도 풀리기 전 사진이라도 있으면….
뒷모습 이라도 괜찮다면 여기.
나이스, 타즈키!!

화?

그렇지만 절대 화내기 없기다.

진짜?!

그리고 정면 사진도 있어…

미이 군 사진이야? 나도 보여…

미안!! 이것만은 안 되겠어!

미이 군의 붕대는 이후 무사히 원상 복귀 되었답니다.

원상 복귀 3초 후

깔끔

음?

벌써 매듭이 안 보여 …

…… …….

야~옹!!

안 돼, 안 돼!

잠깐!

냥?!

아야 야야!

아파 아파

아…, 역시.

음…, 아마 이 근처였던 것 같은데….

바스락 바스락

참새구나.

...

참새가?

응!

흐음~, 얼른 나으면 좋겠네.

건강해질 때까지 돌봐주게.

응....

좀 기운이 없나 봐, 날지를 못 해.

참새한테 푹 빠지는 바람에 학교 가는 것도 깜빡해서 선생님한테 엄~청 혼난 적도 있었고.

알고 있다고.

알고 있어.

옛날에도 자주 참새를 돌봐 줬었지. 아기 까마귀나.

걱정돼서 밤에도 몇 번이나 자다 깨곤 해서 아빠가 날 걱정할 정도였어.

알고 있어.

…. … 그래.

응? 와! 정말 이네!

고마워! 알아봐 준 거야?

참새 사이트에 여러 정보가 있는 것 같아.

잠깐만! 잠깐! 너무 빨리 넘겨서 잘….

다른 사이트도 한번 봐 봐. 여기나, 여기….

지그시

폭신 폭신

털 고르기

살짝

코오

괜찮아.
확실히 좀
기운이 없긴
해도,

밥은
잘 먹고
물도
마시니까…

부비
부비

참새가
걱정돼?

끄덕

그렇게
약해져 있으면
아마 더 이상
어쩔 방도가
없을 거야.

슬픈 일을 굳이 만들 필요는 없잖아.

나도 네 슬픈 얼굴은 보고 싶지 않고….

어차피 또 울 일만 생길 거야.

그대로 편히 잠들게 해 줘.

왜 그래, 타즈키! 요즘 좀 이상해….

여태껏 그렇게 심한 말 한번도….

하지만 이대로 두면….

내버려 둬.

잘 들어,
소라야.

모든
생물에겐
수명이란 것이
있단다.

이 참새의
수명이 마침
오늘까지였을
뿐이야.

네 탓이
아니란다.

아빠,

어째서
…?

내가
조금
더

잘
돌봤다면
….

왜
이렇게
되는
거야…?

나았
을까?

지그시

빨리
건강해지면
좋겠네.

끄덕

하지만
생명이
다한다는 건
슬픈 거야.

그러니
마음껏
울고
마음껏
슬퍼하거라.

어떻게
하지.

물…,
일단
물을
….

물이
아니
잖아.

상태가
이런데
….

다른
뭔가,

어째서
…?

어제는
밥도 잘
먹었고,

기운도
….

저번에
코니가
준
약초.

달여
놓은 게
있을
거야.

이거라면
아마도….

약이라든가….

그래,
약!!

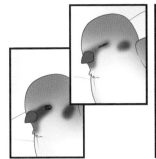

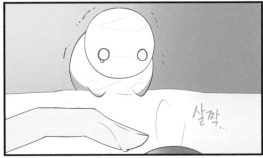

제40화 그날의 소원

코니!
대단해～!!

야…,
감기
걸리고
그러는 거
아니다?

엣취

푸에취

그래?

덕분에 짹짹이가 살아 났거든.

이번에 코니한테 한턱 쏴야겠어.

참새가 기운을 차려서 다행이다. 이름이 짹짹이야?

응, 이름이 없으니 부르기가 힘들어서.

이름?

왜 그런 짓을….

이름 같은 거 지어 주면….

패 건강해 졌네.

아직 날지는 못하는 것 같지만….

콕 콕

풀꺽

새를 진찰하는 병원도 좀처럼 찾기가 힘들고.

/// 스윽

꼬물

만지고 싶음

움푹

짹짹아 ….

괜찮아, 괜찮아. 곧 만져 보게 해 줄 거야.

맛있어 맛있어

풀 짝

6

폭신

쿠울~

굉장한걸…, 만져 보는 정도가 아니라 엄청 친해졌네.

폭신

꾸벅…

안 돼,
안 돼,
안 돼!
괴롭히는 거
아니야!

콕콕콕

뭐 하는
거지?
소파가
편한가?

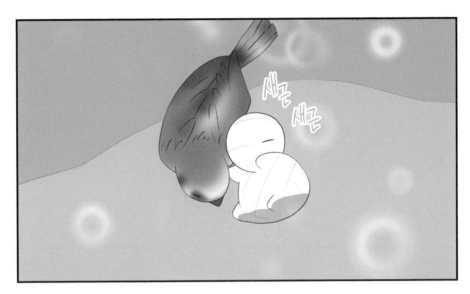

새근 새근

그나저나 날 생각을 안 하네….

창문을 열어 놔도 나가려고 하지도 않고….

온로지 바라만 볼 뿐…

지그시~

팔락

뒹굴

날지 못하는 원인을 알 수 있을지도 모르고 ….

역시 내일 데려가 볼까?

참새도 치료하는 동물병원을 찾긴 했는데 너무 멀단 말이지….

원거리라 몸에 부담이 되진 않을까 조금 걱정이긴 하지만….

안 그래도 지금 막 새장 꺼내려던 참이었어.

….

카에데 씨한테 얘기했더니 툇마루 쪽 창고에 작은 게 하나 있다고 하셔서.

또옥

헤에~, 건강해 보이네.

그렇지? 이제 날기만 하면 되는데….

응…, 좀 멀기는 해도.

새 병원은 있어?

폭신 폭신

104

다시 한번
하늘을….

다행
이다.

...
카시
와기....

똑바로
잘
날아갔네.

이젠

친구들이
있는 데로
갈 수
있겠지.

한때는 정말
어떻게 될까
걱정했는데.

고마워.

코니의 약이랑,
타즈키가
여러모로
알아봐 준
덕분이야.

....

그렇지만 정말 다행이다!

계속 못 날면 어떡하나 걱정했거든.

...

미이 군, 미안.

작별 인사도 제대로 못 했지…?

근데 왜 지금까지 안 날았던 거지?

도리 도리
응

아…, 설마 미이 군이랑 친해져서, 더 놀고 싶어서 계속…. 카시와기.

잘됐다. 건강해져서.

응.

112

팡

슬슬
조금씩
봄 내음이
나기
시작했네.

봄방학도
다가오고….

짹 짹

알바 없는 날
미이 군이랑
어디
놀러나
갈까?

짹
짹

사
락

그럼

학교 갈
준비를….

짹짹이가
놀러 왔어.

미이 군,
미이 군.

이리
와 봐.

아니!
동화책
읽어 주는
사이에
스스로 깨친
모양이야.

모기가
가르쳐
준 거야?

지그시

아니,
아무리
그래도
영어는
….

이사오,
가르쳐
줄 테니
써 볼래?

알파벳?!

까짝

머리가
좋네.
가르치면
알파벳도
쓸 수 있지
않을까?

카시와기
보다
잘해…!

선생님,
저도 알파벳
정도는
쓸 수
있어요.

이게 A
이게 B

이걸
조합해서…

그리고 시작된
타즈키의 알파벳 강좌

그 결과

타 다 다 닷

아, 뭔가 가져 왔어.

속닥 속닥

설마 이사오한테 글자 배운 거야?

어디 잘 썼는지 한번 볼까~?

소곤 소곤

다들 뭐 하고 있어?

이사오가 뭔가 가르쳐 주고 있는 모양 이야.

소라야!

응?

헛

허 찌르기

사실 나도 이사오한테 처음 편지를 받았을 때….

아! 편지 주는 거야?

고마워.

응? 왜 그래, 이사오?

파닥 파닥

팔랑

언제나☆ 고마워

장하다, 이사오~.

편지도 쓸 줄 알고….

바스락 바스락

아, 그런데 코니도 뭔가 쓰는 것 같았는데.

'좋아♡' 같은 거 아닐까?

그 녀석이 그런 걸 쓸 리가 있겠냐.

탁

…라고 적혀 있어서 정말 감동 했었거든!

그랬 구나.

그래서 아까 '마음 단단히 먹고'라고 한 거구나.

뭔가 고민하는 것 같아.

'어떤 초밥 으로 할까' 정도겠지.

그런 고민?

그 녀석은 아마도

'좋아♡' 가 아니라 '초밥♡' 이라고 쓸걸.

※좋아=스키 초밥=스시

어쩐지 상상이 가…!

초밥 ♡

벌떡

오! 일어났어!

찰싹

알겠어,
읽으면
되는
거지?

폴짝

폴짝

…

흐음….

뭐라고
쓰여 있는
거지….

미리
말해 두지만
먹을 거
요청은….

팔락

….

질문 받았어.

뭐라고 쓰여 있어?

아아.

글쎄?

오들

저, 저기.

그러니까….

코니가 상처 받을지도 몰라…?!

아, 괜찮아, 괜찮아.

저게 타즈키 나름의 애정 표현 이니까.

코니도 아마 알면서 물어보는 걸 거야

타즈키의 방식에 아직 익숙하지 않은 모테기 였습니다.

찰 싹

찰싹

….

어떠려나.

몰라.

쿵 쿵

쿵

음…, 하지만 글자는 잘 쓴 것 같아.

….

잘 썼어, 잘 썼어.

그 후

뭐지? 시트 밑에 뭔가가….

음?

하하.

바스락

항상 함께

나도 미이 군한테 편지 써서 숨겨 놔야지.

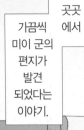

집안 곳곳 에서

가끔씩 미이 군의 편지가 발견 되었다는 이야기.

아, 책상에도 끼워져 있네.

제42화 소포 속 물건 2

안녕하세요.

패랭이꽃 택배에서 왔습니다.

카시와기 소라 님께 소포 왔어요!

늘 감사합니다~.

타밧 타박

여기 서명해주세요.

네에~.

위윙

북 북 북

위이잉

북 북

쿠아ー

똑똑

카에데 씨가 네가 2층에 있다고 해서.

이 방 보는 건 처음인데....

쓰는 방도 아닌데 꽤나 깨끗하게 해 놓네.

하이.

들어가도 되지?

어! 어서 와, 타즈키.

언제 왔어?

위이이이잉

아~, 이 방만 그래.

여긴 소원의 방이니까.

소원?

방금.

아까 모쿠렌…, 너희 아버지로부터 소포가 왔다는 것 같던데.

까짝

청소 끝나면 밑에….

그나저나, 웬일로 2층까지 올라왔어?

항상 카에데 씨랑 아래층에서 얘기하면서 기다렸잖아.

아아, 너 부르러 온 거야.

반응 빠르네….

빼꼼

쿵쿵 쿵쿵

우리도 밑으로….

청소기 이대로 둬도 괜찮은 건가…?

포치, 시트에 침 흘리면 카시와기가 슬퍼할 거야.

그렇군.

여긴 모쿠렌 아저씨 방이었구나.

도대체 무슨 소원을 빈 거지….

꿀꺽

두 둥

낮에는 움직이지 않는 작은 인형인데 밤이 되면 커지는 거야.

자체검열

오빠가 보낸 물건치고는 이상하리 만치 작네요….

이 크기…, 오히려 더 무섭네.

얼굴에 침 같은 게 떨어져서 눈을 떴는데….

히이익

머리 까기 …?!

전에 이 정도 크기의 소포가 도착했을 때는….

안에 '머리 까기' 인형이 들어 있었어….

목숨 걸지 않아도 되니까…!!

알겠어…, 잘 알겠어!, 카시와기 …!

눈앞에 가지런한 치아가 떡 하니 있었을 때는….

이 소포는 다시 돌려 보내자…!!

미이 군이랑 다른 애들도 피난했고,

그렇지만 오늘은

뭐가 먼지 모르겠지만 무장 & 대기 중

붕 붕

뒤를 부탁할게

그게 아니라, 내가 당하면 모두를 데리고 도망쳐, 타즈키.

카시와기 …!!

그리고 타즈키도 있으니까….

무슨 일이 생기면 저도 있으니까요!

과연…, 무슨 일이 생기면 다 함께 대처하면 되겠군….

132

그럼 연다?

응.

부스럭 부스럭

아마도 가장 먼저 편지가 나올 텐데….

어라?

찌 익

뭐지?!

왜 그래!

늘 오던 것보다 양이 적어….

무슨 일이 생겼나 봐…!

충분 하거든! 사람 놀래키지 마.

그날 '오히려 너무 많다고 걱정하는 게 정상이야' 라는 소리를 들었습니다.

묵 직

휘리리릭

흐음….

아무래도 오빠는 아직 이집트에 있는 것 같네요.

이집트에?

읽어 볼까요?

그래서 나는 마이클에게 알려 줬어! '네 뒤에 있다', 그러자,

뭐가 들었는지 편지에 쓰여 있을까?

그 사람이 같은 장소에 장기 체류를 한다는 건….

역시 미이 군은….

희한하네…. 어떤 나라든 대체로 3개월 정도면 떠나는데!

그렇게나 이집트가 마음에 들었나?

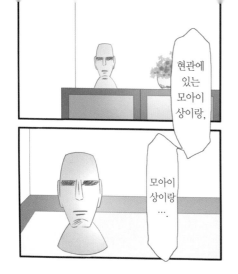

현관에 있는 모아이 상이랑,

모아이 상이랑….

아버지가 보낸 것 중에 평범한 것이라고는,

힉

착

사락 사락

싸아

안 움직임
말 안 함
안 덮침

아아….

모아이 상뿐….

보통 모래였습니다.

뭐야, 정말~!

휘익

워~, 워~.

그러니까 이 모래도 일반 모래가 아닐지도 몰라.

골렘으로 변신할 가능성이나 전갈이 있을 가능성이 있으니까

다들 물러나 있어.

이집트 모래란 걸 아는 걸까요.

우와아아아아앙

미이 군 엄청 좋아하네.

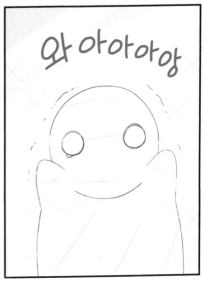

와 아아아앙

코니는 뭐 하는 거지?

쿵

우아아앙

뭔가 마음에 안 드는 거겠지.

왠지 조금 분했던 모양 입니다.

찰싹

찰싹

그래서 ….

찰싹

찰싹

까득 까득

제43화 이집트의 모래

아저씨가 해외로 가시는 바람에 카사와기 녀석 여기로 이사온 뒤로 계속 혼자여서

짹짹이가 나았을 때도 그렇고, 옛날에는 그렇게 쉽게 다른 사람 앞에서 눈물을 보이는 녀석이 아니었지.

계속 살얼음 위를 걷는 느낌이었는데 말이지….

그랬던 녀석이 지금은 완전히…

자식 사랑이 넘치는 부모 같아서 오히려 걱정이군….

오오! 멋져요!

제가 옮길게요. 어디에 있었어요?

안쪽 서고에~

즐거워 하는 것 같으니 됐지, 뭐.

소라 군~.

모래를 둘 만한 곳을 발견했어요~.

140

....

...응?

움찔

쓱 쓱

그 눈물의
의미가
기쁨의 눈물이
아니라는
것쯤은
한눈에
알 수
있었다.

쓱

쓱

미이
군.

뚝 뚝

꼬물
꼬물

역시
넌...

흑

흑

간결
하게

이사오가
온 그날,

카에데 씨와
지금까지의
사건들을
얘기했다.

쓸데 없는
말도,
속내도
내비치지
않은 채

타즈키
군은
혹시

과거에
수집가를
만난 적이
있고

그런 사람과
만난 적이
있나요?

그 결과가
어땠는지만을
이야기했다.

좌르르르르륵

소라 군이
읽어도
알 수 없게
되어 있었어요.
암호처럼 쓰여
있었지요.

그 편지는
제가 읽는
방식으로만
읽어야
진짜 내용이
읽히도록 되어
있어서….

오빠가
보낸 편지에
'미안하다',
'부탁한다'
라고 적혀
있었어요.

그때
미이 군의
반응은 이미
수집가를
알고 있는
듯했어요….

'무서운
사람도
있으니까
밖에서는
움직이지 말자'고
약속을
했었어요.

미이
군과
처음
외출할 때

미이 군은
이집트에
돌아가려고
하지 않던걸.

라고
말을
흘린 적이
있었는데
….

언젠가

카시
와기가
문득

기우라면
좋겠지만….

모래 받아서 좋겠네, 미이 군.

아무래도 고향은 특별하니까, 그렇지?

그래도 덕분에 멋진 모래 상자가 완성됐어!

꼬물 꼬물

도와줘서 고마워.

이 정도 일이라면 식은 죽 먹기지.

내가 좀 더 크면 같이 이집트로 여행 갈까?

맞다!

좀 곤란할 것 같은데.

미이 군 사정을 생각하면 몇 년 후라도

아니…, 그건.

…

…

…

그럼
이제부터
저금하면서
준비를 좀
해야겠다.

……
…….

끄덕

그러려면
영어도
어느 정도
마스터
해 놔야지.

으….

그리고
봄 방학 끝나면
바로 있을
시험 공부도.

…영어
열심히
할게요….

하핫

〈미이라 사육법〉 5권으로 이어집니다.

덤

쿠울

벌떡

자는
척하는 거야.
곧 질려서 놀기
시작할걸.

코
골면서
일어났어,
얘…!

미이 군이
모래에
빠져 있을
무렵 코니는
….

삐져서
자기
시작했네.

드르렁

냅 둬.

Special Thanks

쇼콜라마마 님
쇼콜라마마 패밀리 여러분

콘노 씨 호리구치 씨
디자이너 님

Yagi 씨 구마마츠 씨 아이노 씨

아유토 마이 패밀리~

관계자 여러분

독자 여러분

4권을 구입해 주신 여러분, 대단히 감사합니다!
그리고 항상 지지해 주시는
담당 님, 어시스턴트 님, 친구들에게도
이 장소를 빌려 감사를.
이번 단행본 번외편도 마음을 담아 그렸기 때문에,
즐겨 주시면 감사하겠습니다!

단행본 특별 번외편
올해의 히나 인형

…따히.

아무 것도 아니야.

…

풋

아! 어서 와, 타즈키.

파잇

응! 히나 인형 만들고 있었어.

뭐 만들고 있어?

정말 가벼운 지점토

두둥

…그렇다면

어디.

타즈키도 할래? 히나마츠리도 금방이고….

츠키요에게 만들어주면 좋아하지 않을까?

흐느적…

그러고 보니 타즈키는 미술 어려워 했더랬지….

이상과 현실이 일치하지 않는군.

이상
↓
반짝
반짝

타즈키가 이런 걸 하고 싶어 하다니 드문 일이네.

꽤 열심히 하고 있고.

여기는 이렇게 해서…

진지

예쁜지 아닌지는 덤이야.

이런 건 마음을 담았단 게 중요….

좀 더 예쁘게 만들 수 있으면 좋을 텐데.

뿅

오! 잘했다, 정말!

이렇게 인가?

주 욱

아 아 아 아 아 아 아

으악

픗

길쭉
길쭉 ♪

말이초밥 때도 생각한 건데,

미이는 둥글게 굴리는 걸 잘하는 것 같아.

동글

동글

다음은 삼인관녀를 만드는 걸까?

찹 찹

어라?

이거….

알겠어, 알겠어. 좋겠다.

…!!

♡ ♡

방

방

흔들려…

빨갛고 하얀

다녀왔습니다—.

까악

까악

어서 와, 부활동 힘들었지?

금방 밥해 줄게.

…어요.

응, 알겠…

아, 그거? 타즈키가 만든 것 같은데.

올해 히나 인형 망가져서 츠키요도 신경 쓰고 있었잖아?

엄마, 이거….

….

코니 관찰 메모

관찰 노트 특별판!! 소라만큼은 아니지만 타즈키도 관찰 메모를 쓰고 있었다!
이번에는 그 메모를 엿보자★

잘 먹는 음식

· 단 것
· 초밥 (특히 밥 부분)
· 기본적으로는 뭐든지
　먹는 잡식

　※붉은 콩은 위험

　화상을 입는 것 같다.

알레르기 없음

목욕할 때

· 목욕물이라도 너무 뜨거우면
　화상을 입는다.
　미지근한 물이 베스트.
　※점프력이 있기 때문에
　　탈주에 주의할 것.

　뿔은 새로 자라는 것
　같다.

· 코니가 뜯어 온
약초를 건조시킨 것.
달여서 마시면
만병통치라는 것 같다.
(카시와기의 말. 진위는 불명함.)

하면 안 되는 것

· 배꼽을 누른다 → 화를 낸다, 배탈이 난다
· '번개'가 친다고 거짓말을 친다 → 화를 낸다

※말을 하기 시작한다면
청년기

미이라 사육법 ❹

©Utsugi Kakeru/comico

1판 1쇄 인쇄 2017년 10월 25일
1판 1쇄 발행 2017년 11월 1일

지은이 | 우츠기 카케루
옮긴이 | 한국 코미코
펴낸이 | 김영곤
펴낸곳 | ㈜북이십일 아르테팝
미디어사업본부 이사 | 신우섭
미디어믹스팀 | 장선영 조한나 이상화 **책임편집** | 김미래
디자인 | 손봄코믹스 김원경 홍지은 이솔이
미디어마케팅팀 | 김한성 정지은 **해외기획팀** | 임세은 채윤지
문학영업팀 | 권장규 오서영 **제휴팀** | 류승은 **제작팀** | 이영민

출판등록 | 2000년 5월 6일 제406-2003-061호
주소 | (우-10881) 경기도 파주시 회동길 201(문발동)
대표전화 | 031-955-2100 **팩스** | 031-955-2151 **이메일** | book21@book21.co.kr

㈜북이십일 경계를 허무는 콘텐츠 리더

아르테팝 채널에서 도서 정보와 다양한 영상 자료, 이벤트를 만나세요!
장강명, 요조가 진행하는 팟캐스트 말랑한 책 수다 〈책, 이게 뭐라고〉
페이스북 facebook.com/21artepop   포스트 post.naver.com/artepop
인스타그램 instagram.com/21artepop   홈페이지 arte.book21.com

ISBN 978-89-509-7238-7 04830
책값은 뒤표지에 있습니다.